COMMENTAIRE

SUR

PIERRE AU SERMON,

DE

M. DENIS-CLAUDE BARBIER,

OU

PREMIÈRE LEÇON

DE LOGIQUE ET DE BON SENS,

Donnée gratuitement à l'Auteur par M. J.

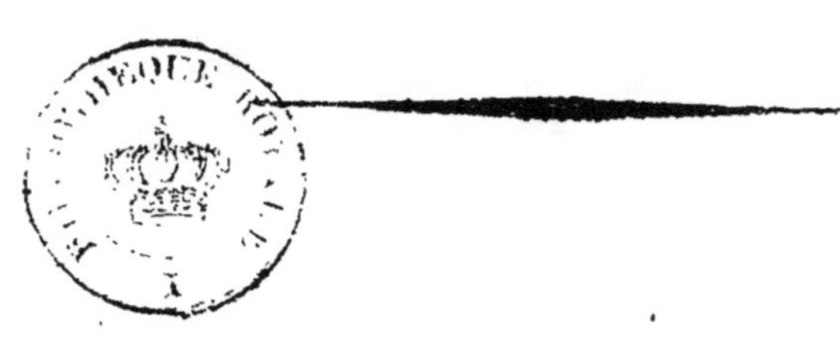

AU MANS,

De l'Imprimerie de Monnoyer, Imprimeur du ROI.

1818.

COMMENTAIRE

SUR

PIERRE AU SERMON,

DE

M. DENIS-CLAUDE BARBIER,

OU

PREMIÈRE LEÇON

DE LOGIQUE ET DE BON SENS,

Donnée gratuitement à l'Auteur par M. J.

C'EST donc définitivement vous qui êtes chargé de la tâche honorable d'instruire nos bonnes gens, de veiller à ce qu'on ne porte pas atteinte à leurs droits, de les avertir soigneusement des projets qu'on pourrait former contr'eux, et surtout de combattre avec toute la vigueur d'un zèle infatigable, les deux plus grands ennemis du peuple, la tyrannie des Rois et le fanatisme des Prêtres : c'était, comme tout le monde sait, l'emploi qu'occupait si dignement le célèbre Bazin, que la mort, hélas ! a si cruellement enlevé au milieu de ses utiles travaux. Votre mérite vous a sans doute fait porter par ses nombreux amis à la dignité de son successeur ; car je présume que par humilité vous n'auriez pas voulu monter de vous-même à ce poste éminent, et prendre sur vous la responsabilité d'une telle entreprise. Ce choix, faites-y attention, est une grande preuve de confiance ; il faut que vous la justifiiez. On a certainement compté sur vos talens, sur vos lumières, sur la trempe de votre ame et de votre caractère ; on a dû vous regarder comme l'homme le plus distingué de tous les bons patriotes du Mans et des environs, comme le plus capable de soutenir dignement leur cause.

Si par hasard vous n'alliez montrer que la légèreté d'un jeune étourdi, que l'effronterie d'un impie sans principes, que la jactance ridicule d'un sot orgueilleux ; si, dans vos pamphlets, destinés, il est vrai, à des personnes ignorantes, mais qui pourront par fois tomber sous des yeux un peu plus clairvoyans, on ne trouvait qu'un stile lourd et pesant ; que des pensées basses et insignifiantes, exprimées par des phrases incorrectes et mal tournées, des railleries qui ne font point rire, des plaisanteries dégoûtantes qui assomment, quelle opinion se formerait-on de vous? Si on vous voit constamment flotter au milieu d'un tas d'idées qui ne soient point de vous, que vous ayez ramassées de côté et d'autre sans examen et sans discernement, que vous jettiez pêle-mêle sur le papier sans ordre et sans enchaînement ; si, en vantant la raison, vous outragez et violez publiquement ses droits ; si , en parlant du Roi et de sa sagesse , vous êtes assez mal - adroit pour laisser apercevoir que vous soyez du nombre de ses plus grands ennemis , et qu'il n'a pas tenu à vous et à vos commettans de l'empêcher de revenir ; si, en un mot , vous venez à défendre si mal la sainte cause qui vous est confiée, qu'on retourne contre vous-même les armes dont vous vous servirez, qu'arrivera - t - il ? Comme on est intimement persuadé que vous êtes député au nom du parti , dont vous vous déclarez le patron , sa gloire ou son ignominie est inséparable de la vôtre.

Distinguez - vous par la clarté et l'énergie de votre style , par la force et la solidité de vos pensées, par la méthode et la justesse de vos raisonnemens, vous convaincrez et persuaderez vos lecteurs : vous commanderez le respect et l'admiration à ceux qui seraient disposés à vous contredire ; vous fermerez la bouche à vos détracteurs ; alors vous immortaliserez votre nom et vous honorerez ceux que vous représentez. Mais si, au contraire, vos efforts impuissans révèlent votre incapacité , attestent votre ignorance et n'aboutissent qu'à vous rendre vil et méprisable , sachez que vos affronts retomberont directement sur votre coterie toute entière. C'est donc là , s'écriera-t-on , celui sur qui reposaient toutes les espérances ! celui qui , réunissant les suffrages de ses consorts , était justement regardé comme l'élite de la bande! Que sont donc tous les autres, si le plus sage d'entr'eux n'est qu'un insensé, qu'un misérable rêveur, qui se perd dans son délire, qu'un cerveau creux, qui ne sait ce qu'il dit ni ce qu'il veut? Vous voyez, M.ᵉ Barbier, que la chose est sérieuse, et que vos premières démarches pourraient avoir de graves conséquences.

Vous n'aviez, dit-on, que la qualité de disciple auprès du sage Bazin; vous alliez assiduement prendre de ses leçons, et vous fortifier dans les principes qu'il tâchait de vous inculquer. Le seul malheur des circonstances, à ce qu'il paraît, vous a forcé à vous produire bien plutôt que vous ne pensiez et que vous n'auriez voulu. Il est fâcheux pour vous, il faut en convenir, que vous ayez été jeté dans une pareille nécessité; elle pourrait être funeste à votre gloire et augmenter encore la défaveur qui poursuit vos cliens.

Car, je ne puis vous le dissimuler, ceux qui liront vos premiers essais, et surtout *Pierre au Sermon*, ne se formeront pas une haute idée de votre mérite littéraire, encore moins de la doctrine que vous croyez apparemment avoir apprise, et que vous avez la prétention de vouloir enseigner. Il est visible que votre éducation est manquée, et qu'il vous faudrait encore au moins plusieurs années d'étude sous un bon maître, avant de vous exposer aux discours des langues méchantes, même dans la plus petite brochure.

Puisque vous êtes au premier rang, il est clair qu'il n'y a point au Mans d'autre Bazin qui puisse vous préparer, comme il faudrait, à la carrière que vous devez parcourir. Vous voilà donc abandonné à vos propres ressources dans un pays qui ne vous est point assez connu, exposé à vous engager chaque jour dans de fausses routes, et à courir sans remède d'égarement en égarement, à moins que quelqu'ami charitable n'aille de lui-même vous tendre la main, et vous ramener au droit chemin.

On ne voit guère dans notre siècle de ces vrais amis qui vont d'eux-mêmes offrir leurs services aux infortunés ; peut-être n'en avez-vous pas encore rencontré un grand nombre : c'est pour cela même que la triste position où vous vous trouvez me touche et m'inspire le désir d'aller à votre secours. Je ne me vanterai pas d'être un maître fort habile, mais je crois, M.ᵉ Barbier, sans vanité, être dans le cas de vous donner quelques avis qui pourraient ne vous être pas inutiles. L'expérience que j'ai pu acquérir, me donne un certain droit auprès de ceux qui en ont moins, ou bien qui ont moins réfléchi ; et vous paraissez être de ce nombre.

Je vais donc, à cause de vous, par pure complaisance et gratuitement, faire quelques observations sur votre dernière brochure, et vous les communiquer. Si vous n'en profitez pas, ce sera votre faute ; vous ne pourrez plus prétexter cause d'ignorance : on aura le droit de vous abandonner sans pitié au sort qui vous attend, et de vous regarder comme un malade désespéré.

Je vous préviens seulement d'une chose; n'en soyez pas scandalisé. J'ai la faiblesse, ou peut-être la délicatesse de ne pas vouloir mettre mon nom tout au long; car, d'après ce que j'ai eu occasion de voir et d'apprendre, il paraît qu'on a conçu un tel mépris pour votre singulier opuscule, que je craindrais de partager sa fortune, si on me voyait prendre la peine d'en relever les sottises, et chercher à vous instruire. Celui qui est jaloux de sa réputation n'aime pas à l'exposer. Au reste, le nom n'y fait rien : dans vos principes ce ne sont plus les vains titres de famille qui rendent recommandable. Vous professez hautement cette doctrine, et selon vous les qualités personnelles font seules le vrai mérite. Peu importe donc que je m'appèle Jean ou Jacques, pourvu que je parle raison.

Mais il faut vous parler raison, car vous l'aimez; vous la vantez, et vous ne pouvez supporter ceux qui voudraient s'opposer aux progrès de ses lumières. En cela je suis franchement de votre avis ; jamais je ne consentirai à en violer les droits, jamais je n'adopterai une doctrine qui lui serait opposée ; je ferai tous mes efforts, selon les circonstances où je me trouverai, pour abattre les préjugés qu'elle repousse, et faire briller son flambeau lumineux aux yeux de tous les hommes. Ainsi nous voilà d'accord sur le prix et les avantages de cette raison, sur la nécessité de la prendre pour première règle de notre conduite, et de ne jamais nous en écarter. Arrêtons ce point entre nous comme un article fondamental, d'où nous partirons dans les leçons que je me propose de vous donner aujourd'hui, et peut-être dans la suite, s'il est nécessaire. Vous savez, ou si vous ne le savez pas je vous l'apprendrai, pour raisonner, c'est-à-dire pour user de sa raison, il faut toujours partir d'un principe certain et incontestable, puis suivre le fil des conséquences avec attention, de peur de le perdre et de s'égarer.

La raison est donc un avantage précieux dont nous jouissons, la première et la plus essentielle de toutes nos facultés ; nous en convenons l'un et l'autre, et maudit soit quiconque voudrait l'anéantir ou l'obscurcir. Mais qu'est-ce que la raison, s'il vous plaît ; pourriez-vous m'en donner une définition exacte ? Il est probable que vous n'y avez jamais réfléchi, et que vous ne savez seulement pas ce que c'est qu'une définition. Quoiqu'il en soit, la raison relativement à la morale, est ce jugement et cette perception qui font connaître à tous les hommes, indépendamment des régions, des langues et des climats, les convenances, l'ordre ou la justice qui se trouvent ou doivent se trouver dans les actions humaines. Ainsi, comme il est juste qu'on rende à chacun ce qui lui appartient, qu'un enfant aime son père, le craigne et le respecte ; comme il est dans l'ordre qu'un riche soulage un pauvre, nous disons que la raison commande ou approuve ces actions : nous disons au contraire, et par les mêmes motifs, que la raison condamne et reprouve l'homicide, l'adultère, le vol et autres crimes semblables.

Maintenant faisons l'application de ce principe, dont nous convenons, à quelques propositions de votre *Pierre au Sermon* ; nous allons voir ce qu'il en faudra penser. Si je voulais ne faire grâce à rien, je ne laisserais peut-être pas une seule phrase dans laquelle je ne vous fisse voir ou une extravagance ou une absurdité, ou une contradiction, ou un solécisme, ou un barbarisme, ou enfin quelqu'autre faute ; car je ne prétends pas les dénommer toutes.

Je pourrais commencer par votre épigraphe, et je vous ferais observer combien il était inconvenant d'aller prendre ce texte dans Boullanger, auteur si digne de l'oubli dans lequel il est enseveli, et d'où vous ne le releverez pas ; je vous montrerais tout le ridicule du tableau que vous faites de la curiosité et de vos occupations journalières ; je vous ferais remarquer que le langage de Pierre et d'Ariste auprès des jeunes filles qui chantent, n'est pas très - moral ni fort spirituel, deux péchés contre la raison. Comme ces péchés vous paraîtront peut-être assez légers, je vais vous en montrer de plus grands ; je ne pre idrai néanmoins que quelques-uns des plus apparens.

Dites-moi , M.ᵉ Barbier , la raison ne dit-elle pas : *Ne faites point à autrui ce que vous ne voudriez pas qu'on vous fît ?* Ne dit-elle pas encore : *Ne mentez point ; soyez franc , droit et sincère ?* C'est comme cela que je veux être philosophe , parce que j'entends l'être selon la raison. D'après ces axiômes, les calomnies , les impostures , les faussetés , les railleries insultantes sont donc de grands péchés contre la raison; qu'en pensez-vous? Vous ne chercherez sûrement pas à les justifier. Vous les avez cependant tellement accumulés dans votre mauvaise brochure , qu'on ne peut pas en supporter la lecture : vous mentez et vous calomniez si impudemment , qu'il n'y a pas même une ombre de vraisemblance.

Je ne suis point Missionnaire , et je vous garantis que je ne les épargnerais pas, s'ils condamnaient la raison ; mais je les ai entendus , peut-être plus souvent et probablement avec plus d'attention que vous ; et vous avez l'audace de leur mettre dans la bouche un langage bizarre et révoltant , qu'ils n'ont jamais tenu ! vous voulez que je les regarde comme des foux et des insensés , comme des furieux et des fanatiques , quoiqu'ils aient constamment prêché devant moi une morale très-pure et pleine de sagesse ; qu'ils aient fortement combattu la cruauté et le fanatisme , et aient souvent employé toutes les ressources de l'éloquence et de la persuasion pour déterminer leurs auditeurs à l'oubli du passé, au pardon des injures, à l'union, la paix et la concorde ; est - ce là du fanatisme ? Vous prétendez me persuader que ce sont des ennemis de la raison et de ses lumières, tandis que plusieurs fois, en ma présence, l'un d'entr'eux surtout, a développé et vengé les droits de la raison dans des discours exprès, avec une clarté, une solidité et une éloquence que vous n'aurez jamais.

Je sais bien qu'un certain M. Ch... les avait accusés avant vous d'avoir invectivé contre la raison ; mais on convenait que c'était une fausseté jointe à beaucoup d'autres réflexions déplacées, qu'il s'est plusieurs fois permises contr'eux : au moins il a eu le bon esprit de leur rendre justice de temps en temps ; il a montré qu'il savait jusqu'à un certain point apprécier le vrai mérite ; s'il osait leur faire des reproches sans fondement, il leur accordait aussi des louanges bien méritées ; s'il était infidèle quand il citait leurs paroles, injuste dans l'interprétation qu'il en donnait, il était vrai et sincère dans le compte qu'il rendait de leurs talens, de leur érudition et de leur éloquence ; il appelait hardiment les Savans aux célèbres Conférences du Mardi et du Jeudi, et ne craignait point d'être démenti ou accusé d'ignorance et de mauvais goût.

Vous, au contraire, n'y trouvez rien de beau ni de

vrai, vous condamnez tout en masse; ils sont tous des fanatiques, des *Apôtres de l'erreur;* les célestes vérités qu'ils annoncent avec tant de force et d'onction, ne forment qu'une *Doctrine atrabilaire.* Soyez donc persuadé que ces extravagances vous font cent fois plus de tort qu'à ceux que vous voulez perdre. Faites donc attention qu'en les traitant de la sorte, vous outragez indignement tous vos concitoyens, qui les admirent et se font gloire d'aller tous les jours les entendre; que vous insultez grossièrement toutes les dames, dont vous paraissez vouloir capter la bienveillance. Elles ont volontiers pardonné le petit trait de l'*In exitu;* il ne tombait que sur quelques-unes d'entr'elles qui en rirent comme les autres; mais elles ne vous pardonneront jamais les dérisions impies et sacrilèges que vous vous permettez avec toute l'impudence qu'on voit quelquefois dans de vieux libertins, contre les premiers dogmes de la Religion et contre des pratiques universelles.

Croyez-vous, de bonne-foi, vous faire passer pour un homme de génie, en vous moquant hardiment de la vie future, des peines de l'enfer et des autres vérités qu'on nous a enseignées dans notre enfance; qu'on nous prêchait avant que les Missionnaires fussent ici, qu'on nous prêchera encore après, que le monde a crues et qu'il croira encore, à moins que vous ne le désabusiez? Vous n'avez pas inventé ces jolies choses, vous les avez trouvées dans Boullanger, dans Helvé tius et dans quelques autres grands hommes de cette espèce, ou plus vraisemblablement dans quelques-uns de leurs extraits ; et voilà que vous vous imaginez aller devenir aussi un grand homme en répétant leurs blasphêmes, comme un enfant mal élevé croit se faire admirer en prononçant les juremens ou les mots grossiers qu'il vient d'entendre !

Il n'existera, dites-vous, *aucune morale, aucune vertu dans la société tant que l'homme saura les moyens de se laver du crime* par des pratiques, par de l'argent. Vous devez par conséquent pratiquer la morale dans la plus grande perfection, être un modèle de vertu ; car vous ne reconnaissez assurément, pour laver vos crimes, ni les *pratiques frivoles*, ni le moyen de l'argent. Mais, dites-moi, avez-vous entendu prêcher que, pour obtenir la rémission de ses péchés, il fallût donner de l'argent ? vous en a-t-on demandé quelquefois, sous peine de vous refuser l'absolution ? Je n'ai jamais ouï dire qu'on en exigeât, ni même qu'on en parlât, et vous ne devez pas l'avancer sans preuves. Il est donc faux que les hommes, dans la Religion, puissent racheter leurs péchés par de l'argent : vous ne voulez point non plus de pratiques ni de pénitence quelconques; vous prétendez que Dieu n'exige aucune réparation : quel est donc le frein qui empêchera de commettre le péché ? quel moyen ensuite pour le réparer ? Apparemment que Dieu est indifférent à tout , qu'il n'y a point de péché dans le monde , ou s'il y en a ils sont irrémissibles. Ils ne peuvent pas néanmoins être expiés dans la vie future , car , s'imaginer que Dieu traiterait avec rigueur dans un monde à venir les faiblesses de ses créatures , ce serait le dégrader... quel galimatias ! qu'est-ce que tout cela veut dire ? Il est clair que vous rejetez avec mépris, comme des absurdités, ce que tout le monde regarde comme des vérités ; mais à quoi tenez-vous ? quels sont les principes que vous reconnaissez ? qu'admettez-vous comme certain ? Je parierais que vous n'en savez rien , que vous ne vous en êtes jamais rendu compte, et que vous ne pourriez pas le faire.

Puisque je me charge de la tâche pénible de contribuer à votre éducation , en vous donnant quelque teinture de logique et de bon sens , il faut que je fasse les premiers frais. Votre tête est dans un désordre épouvantable. Demander que vous rendissiez compte de vos idées , ce serait manifestement exiger l'impossible. Je vais donc suppléer à votre incapacité, et vous montrer , puisque vous l'ignorez , ce que renferme votre pauvre cervelle. Attention , écoutez un instant , et vous allez vous reconnaître au portrait que je vais tracer, ou bien vous êtes absolument dépourvu des qualités essentielles pour donner à votre maître quelqu'espérance de succès.

Vous n'aimez pas la Religion : c'est assez naturel à un jeune homme comme vous ; il ne serait pas difficile d'en deviner et d'en dire la raison. Vous ne la regardez que comme une chimère, et vous ne croyez pas un seul de ces points ; vous le dites assez clairement : cependant jamais vous ne l'avez étudiée, j'en suis sûr ; jamais vous n'avez cherché sincèrement à connaître si elle était vraie ou fausse ; et comment l'auriez-vous fait ? Vous n'avez pas la plus petite notion des bases fondamentales d'où il faudrait partir pour la connaître en vrai philosophe. Vous avez lu, par-ci par-là, quelques-uns des libelles qu'on a fabriqué contre elle, et vous ne connaissez pas même le titre des savantes apologies qu'on a publiées en sa faveur. Qu'en pensez-vous ? N'ai-je pas deviné juste ?

Vous n'avez point de foi : oh ! certainement, et vous vous en glorifiez ; c'est là votre grand trait de courage. En fait de Religion vous doutez, pour ne rien dire de plus, de tout ce qu'on nous débite depuis tant de siècles : mais savez-vous pourquoi vous rejetez, pourquoi vous niez, pourquoi vous doutez ? Pourriez-vous en rendre compte, en nous développant un système un peu ordonné et bien soutenu ? Non certainement, vous n'avez pas même pensé à cela ; qu'en dites-vous ? N'est-ce pas que je vois plus clair dans votre ame que vous n'y voyez vous-même ? Il est indubitable que vous ne croyez point, et vous êtes dans l'impossibilité de démontrer que vous ayez raison de ne rien croire.

Convenez donc que vous n'êtes pas fait pour donner des leçons sur un sujet si grave , et qu'on aurait grand tort de vous croire sur votre parole. Convenez en même temps que vous devez vous reprocher , comme des attentats à la raison , les sarcasmes que , dans une telle ignorance , vous avez la témérité de lancer dans le public.

Il est bon aussi de vous observer qu'il n'est pas très-conforme à la raison , ni même à la prudence , de représenter comme des crimes les efforts par lesquels la Vendée et les autres insurgés , que vous appelez *Chouans* , tâchèrent de contribuer , lors de la dernière usurpation , au retour du Roi légitime sur son trône. Sans doute , aux yeux de certaines gens , ce n'étaient que des brigands qu'il fallait exterminer ; mais , aux yeux des vrais Français , qu'étaient ces gens , et que devons-nous penser aujourd'hui de ceux qui se glorifient insolemment d'en avoir fait partie , ou qui les décorent par excellence du beau titre de patriotes ?

Contre quelles lois , je vous en prie , péchèrent ces jeunes écoliers qui , par amour du Roi et de la patrie, eurent le courage de quitter la retraite et le repos pour prendre les armes ? On croit que vous avez des raisons particulières pour n'être pas leur ami ; je n'en serais pas surpris.... Vous étiez bien aise aussi de rappeler en passant ce qu'on a dit tant de fois contre les Prêtres, et de répéter, d'après nos grands maîtres en calomnie, qu'*ils ont exterminé les peuples entiers de l'Amérique, aneanti les Empires du Mexique et du Pérou, dévasté l'Afrique et ravagé l'Inde.* Ce sont là de grands mots bien ronflans dans la bouche d'un imberbe qui a des prétentions ; il s'imagine qu'on va admirer son éloquence et son savoir, et croire bonnement que c'est le fruit précoce de ses recherches, de ses découvertes et de sa critique éclairée, comme si nous ne savions pas depuis long-temps à qui nous devons ces absurdités. Croyez - moi donc encore une fois : ce ne sont point là des assertions raisonnables ; vous prenez le vrai moyen de vous décrier en recourant à ces vieilles impostures, dont on ne vous fera pas l'honneur de vous croire l'inventeur.

Je ne finirais pas sitôt, si je voulais relever tout ce que votre ennuyeux livret renferme de condamnable, si, parcourant l'une après l'autre, je vous faisais expliquer par partie et par raison vos périodes, vos phrases et vos propositions. S'il prenait envie à quelqu'un de vous demander ce que vous entendez par un *Carquois de sarcasmes*, s'il est bien conforme à la raison et à la saine morale de ne suivre que ses affections du moment, de ne reconnaître que le plaisir pour règle de nos actions, que répondriez-vous? Si on vous priait d'expliquer ce que vous entendez par une Religion *conforme aux lois humaines*, qui donnerait tant de consolation; si on vous sommait de dire où vous avez vu ces bons Prêtres, comme vous les voudriez, cet excellent Curé, si bon, si humain, qui, selon vos principes, ne doit croire ni au paradis, ni à l'enfer, et ne jamais prêcher aux hommes qu'il faut faire son salut, que diriez-vous? N'est-il pas vrai, qu'à chaque question, si on vous poussait un peu, vous resteriez court?

Je ne veux plus vous dire qu'un mot. Vous aimez la Charte, à ce qu'il paraît; soit, il n'y a pas de mal à cela; nous l'aimons aussi. Mais, selon vous, le Roi tient sa souveraineté du peuple, et il s'est avisé d'octroyer la Charte, de l'accorder, de la concéder comme un effet de sa volonté et de sa bonté; à ce titre vous devez la rejeter : ce n'était pas au Roi, mais aux Français, à l'octroyer et à la concéder, puisque tout pouvoir vient d'eux. Dire que le Roi tient son autorité du peuple, et qu'il cède au peuple des droits qu'il n'avait point avant le Roi, c'est ce qu'on appèle une contradiction : vous ne le saviez peut-être pas encore ; je vous en montrerais bien d'autres, mais l'expérience a appris, dit-on, aux professeurs, qu'il fallait prendre garde d'être trop long, surtout en commençant, de peur de rebuter les élèves. Nous allons par conséquent terminer ici cette première leçon.

Demeurez donc bien convaincu que jusqu'ici vous n'avez aucun des caractères qu'il vous faudrait pour vous mêler d'écrire, et gardez le silence jusqu'à ce que j'aie pu vous dégrossir un peu. Quand vous ne retiendriez point autre chose de cette instruction, vous n'auriez pas perdu votre temps, ni moi ma peine; ce serait un premier pas qui nous servirait pour en faire d'autres. Un autre pourrait vous remettre aux premiers principes de la grammaire; moi je vous parle seulement de raison et de bon sens: nous verrons ensuite ce qu'il conviendra de faire.

FIN.

9 782014 043839